# 머문 곳에 향기 뿌리다

손영호 제3시집

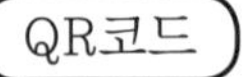


스마트폰으로 QR 코드를 스캔하면
시낭송을 감상할 수 있습니다

제목 : 두물머리
시낭송 : 박영애

제목 : 허수아비
시낭송 : 박영애

제목 : 머문 곳에 향기 뿌리다
시낭송 : 박영애

제목 : 밀어
시낭송 : 박영애

제목 : 용서
시낭송 : 박영애

제목 : 뿌리 깊은 나무
시낭송 : 박영애

제목 : 춘설
시낭송 : 박영애

제목 : 꽃은 참 아름답다
시낭송 : 박영애

제목 : 당신이라서
시낭송 : 박영애

제목 : 세월 따라 살라 하네
시낭송 : 박영애

전체 시낭송 감상하기

시인은 자연을 이야기하고 시낭송가는 자연을 품었다
글자는 날개를 달아 언어로 날고 소리는 자연에 눕는다

## 시인의 말

조용히 고향 땅에서
지나온 삶을 생각하면서
이렇게
글을 쓸 수 있다는 것이
저에게는 행복인 것 같습니다
물 좋고
공기 좋고
저 푸른 바다를 바라보며
마음을 안착시키고
삶을 뒤돌아보며
앞으로의 행로를 잘 다듬어 가면서 살아가는 것도
또한
저의 삶의 하나라고 생각합니다
생각을 뿌리고
마음으로 주워 담으면서
사랑으로 함께하는
저의 뜻을 깊게 남기겠습니다.

시인 손영호

* 목차 *

* 목차 *

# 두물머리

어디가 아래고
어디가 위인지 알 수 없는 물결
두 물이 만나서
평화롭게 유유히 흐른다

흐르다
흐르다
고인 강물 속에
고기떼 노니는 검푸른 강물의 숲
그 속에서
예쁜 연꽃이 피고 있다

남과 북의 혼탁한 물속에 뒤엉켜 그림자도 없이 쑥 자란
넓적한 연잎 사이로 순결의 꽃이 숨쉬고

강바람에 살랑거리며 꽃대 흔들리는 윤슬의 빛
그 노을의 전경

두물머리의 영상에
하루의 수기 속에 새로이 희망의 고귀함을 느껴본다.

제목 : 두물머리
시낭송 : 박영애
스마트폰으로 QR 코드를 스캔하면
시낭송을 감상할 수 있습니다

# 허수아비

가을을 기다리고 있는
한 농부
들녘 바라보며
밀짚모자 눌러 쓰고
우두커니 팔 벌리고 서 있는
허수아비

허허벌판에 꿋꿋하게 서서
허술한 옷차림에
비가 오면
비에 흠뻑 젖는다

모습 하나 변하지 않고
알알이 익어가는
벼를 바라보며
가을을 지키는 농부
허수아비

오늘도
허수아비는 피곤한 내색 없이
이 가을
지킴이로 서 있다.

제목 : 허수아비
시낭송 : 박영애
스마트폰으로 QR 코드를 스캔하면
시낭송을 감상할 수 있습니다

## 머문 곳에 향기 뿌리다

꽃씨 떨어진 곳에
언젠간 꽃향기가 피어나겠지

불어오는 봄바람에
연서를 띄워 놓고
아름다운 꿈도 지펴가겠지

머문 곳에
선혈의 젊음이
애수에 잠기어 연신 향기를 뿌리겠지

그 빈자리에
짙은 내음들이
언젠간 되돌아올
도돌이표처럼
아름답게 반짝이며
널 기다리고 있겠지

향기 머문 그 자리에.

제목 : 머문 곳에 향기 뿌리다
시낭송 : 박영애
스마트폰으로 QR 코드를 스캔하면
시낭송을 감상할 수 있습니다

# 밀어

파도 속에 묻히어
밀리고 부서지는 사연들

햇빛 속에 물들고
어두운
달빛 속에 반짝인다

세월에
쌓이고 쌓인
모래알처럼

수많은
언어의 언약들이

사랑의 밀어가 되어
가슴 속엔 하얀 꽃비가 되어 있다

저 뿌연
파도의 빛처럼,

제목 : 밀어
시낭송 : 박영애
스마트폰으로 QR 코드를 스캔하면
시낭송을 감상할 수 있습니다

## 민들레 홀씨 되어

하늘만 바라보다

청춘을 불사르는

하얀

민들레꽃

봄바람에 나풀거리다

어느 날

홀씨가 되어

바람으로 훌훌 날아버렸나

긴

여행 끝에

홀로 앉은 자리에

또

외로이

한 송이 꽃으로

봄을 피운다.

# 바람이 부는 곳에

바람이
나에게 전한다

바람이
지나간 자리엔
먼지만 일고

바람이
머문 자리엔
잡티들만 가득 쌓인다고,

# 향기의 계절

봄은
꽃을 피우기 위해
봄이 온다

꽃은
향기를 풍기고
그 향기는
봄을 알리기 위해
피어난다

봄을 안
청춘은
꽃향기에
그만
취하고 만다.

# 용서

끝없이 펼쳐진 바다 위에
심상(心想)의 돛을 띄웠다
헤매는 파도의 너울 속에는
애증의 빛들이
넘실거리고
보내야 하는 허물 다 보내지 못한 채
숙연하게 머리만 숙어진다

떨쳐야 할 것
마음으로
후련하게 뽑아내려 하지만
그 깊숙이 박힌 비수의 대못처럼
아프기만 하다

밀려오고
밀려가고
수없이 반복되지만
끝내 끄집어내지 못하고
파도의 물결 위에
마음만 띄워 놓았다.

제목 : 용서
시낭송 : 박영애
스마트폰으로 QR 코드를 스캔하면
시낭송을 감상할 수 있습니다

# 꽃

가만히 놔두면
저절로
꽃이 피는 줄 알았습니다

물도 주고
거름도 주고
사랑을 주어야
아름다운 꽃이 핀다는 걸
나는 알았네요

한 송이
꽃을 피우기 위해
수 날
인고의 고통과
사랑이 있을 뿐입니다.

## 봄이 오는 소리

꽃눈 트는
나뭇가지에
하나씩 피어오른
소생의 움직임이
깃털을 새우며 기지개를 펴고 있다

골짜기마다
흐르는 원천의 샘물도
끝없는
원정길로 나서고
불어오는 골바람은
나뭇가지에 매달려 흔들거리고 있다

따뜻한 온풍에
살갗을 비비고
저 맑은 햇빛을 한껏 쐬며
톡톡 튀어 오른
촉의 향기
따뜻한 봄을 만끽하고 있다
저
앙칼진 가지에서,

## 어느 봄날에

햇살 가득한

봄날에

묶여있던 마음의 사연들

그 어느 날

따뜻한

그리움으로 내게 돌아왔습니다

한스러운 고통은

한순간에 모두 묵시 되어 버리고

따뜻한 빛

그

역사 속으로 흘러 보냅니다

꿈을 꾸듯 상상하고

빛을 보며

환상의 그림을 그리듯

왜곡된 그늘을

마음으로

그저 씻어 봅니다.

# 꽃 피고 새 우는 날에

그리움이 가득 쌓인
어느 봄날
아름다운 정형 속에서
꽃이 피어난다
늘
마음에 담아둔 봄날은
꽃 피고
새가 울고
냇물 조잘거리며
흐르는 그곳
그 봄이 찾아오는 날엔
어김없이
그리움을 잊지 못해
찾아오는 봄 새
내 마음도
꽃 피고 새가 우는 날엔
날마다
그날의
그리움을
기다려지고 있다.

# 나 그대 열정에

그대 빛이 하도나
아름다워
사랑의 빛으로 변하더이다

밤마다
나의 마음 울림이
그리움으로 곤히 빠져들어

상사(想思) 서러움에
가슴이 매이니

뜨거운 불꽃은
긴긴밤
나의 열정 다 녹인다.

# 딱 하나인 너

내 삶 속에
하나의 그리움이 있다면
맑은 구슬 구르듯 할 텐데

많은 날을 삼키어도
너 같은 그리움 하나 가슴에 두지 못해
날마다 헤매느니라

넓은 세속
수많은 인파 속에
딱 하나인 너

계절마다
돌고 돌아
널 찾아 자꾸 헤맨다.

# 봄

봄이 오면
따뜻한 그대도 오겠죠

무척 기다리던
님이신데
꽃 따라 길 따라 향기 따라

저 들에도
저 산에도
아지랑이 너울거리며
봄을 찾아옵니다

향기 품은 그곳으로
나부시
앉아
봄이 왔다고
한껏 속삭일 거예요.

## 너를 본 순간

나는
너를 보고 나서야
꽃이라는 것을 알았다

나는
너를 보고 나서야
아름다움도 알았다

그
아름다움이
사랑이 되었고
꽃이 되었고
그리움이 되었다

내 속 깊이 담겨진
널
그리움 꼭 품고서
마음에
한 송이의 꽃을 피워 보겠다

그
아름다운
너를,

# 새해 아침

새해 아침엔
희망의 빛을 밝힌다
동해 바다를 가르며
떠오르는
염원의 창대한 빛
저 푸른 바다 위에 늘어놓고
내 삶의
옳고 그름을 헤아리며
바라는 소망이 뭔지
희망을 걸고
저 수평선 이어진 곳에
조용히
고개 숙여
내 마음을 내려 놓는다.

## 꽃 보듯 너를 본다

꽃은 아무리 봐도
아름답다

벌 나비도
아름다운 향기가 있으니
매일 찾아온다

너도
꽃처럼
참 아름답다

꽃은
보면 볼수록
더 흥미를 느낀다

꽃을 볼 땐
너를 보듯 하고
너를 볼 땐
꽃을 보듯 한다.

# 시를 꿈꾸면서

바다가 있고

땅이 있고

산이 있다

그곳에는 모두가

아름다운 시어도 있다

철철이 꾸며 낸

시구의 풍경들이

세월의 삶에 접목하고

인생의 흐름을

하나씩 엮어

혼의 깃을 세운다

즐비하게 널려있는

언어의 감언들이

마음으로 하나씩 엮기 위하여

나와의

길을 같이 동행하고 있다.

# 빙점

겨울이
한 방울씩 뚝뚝 떨어져
시린
냇물 타고 흐른다

그리움 흘러 흘러
어디로 갈까

끝없는
여로
홀로 정처 없이 떠나네

가다가 널 만나
푸른 강물이 되고

인연의 긴 줄기는
저 호수
차가운
윤슬의 빛으로 서로 남는다.

# 설꽃

앙칼한
가지 끝에 매달린 설꽃

천상의 찬 빛으로
서려
맺혀 있다

설한이 손끝으로
스며들 때

욕정으로 조금씩 녹아내리는
설꽃은

마음의
감정을 꽁꽁 동여맨 채

긴 설한으로 깊이
잠이 든다.

# 뿌리 깊은 나무

길을 자꾸 걸어간들
길이 닳아 없어지리오
마음의 생각은
어느 끝부분에 홀로 매달려
바람 부는 날
물방울 떨어지듯
땅에 뚝뚝 떨어진다
창검같이 뻗은 솔가지에는
새들이 앉아 원성 깊게 울부짖고
조용히 가슴 적셔오는 울음소리에
내 마음 동성(同聲)이네
세상의 긴 뿌리는
원혼의 깃들이요
구언(苟言) 속에 흐르는 것은
뼈를 깎는
아픔의 원혼이다
깊게 파고든 나무뿌리에
생의 젖줄이 끊어질라.

제목 : 뿌리 깊은 나무
시낭송 : 박영애
스마트폰으로 QR 코드를 스캔하면
시낭송을 감상할 수 있습니다

# 고결한 자태

꽃은
빗물 머금고 피어난다

홀로 측은히 피는 꽃은
참 외롭다

바람이
부는 대로 흔들리고

연신 향기 풍기며
연연한 자태

고결하게
기품을 자랑한다.

## 춘설

자기 몸
녹아내리는 줄 모르고
꽃망울을 하얗게 감싸 안은
하얀 눈

열정의 인연은
뜨거운 꽃잎의 열기로 삼키고
봄바람의 시샘으로
바닥에 후두둑
떨어뜨리고 마는구나

따뜻한 햇살에
사르르 녹아떨어지는 감성
그 긴 목줄을 타고
스며든
애심

망울진 꽃잎 피우고
넌
또 다른
환상의 흰빛으로
남아 있겠지.

제목 : 춘설
시낭송 : 박영애
스마트폰으로 QR 코드를 스캔하면
시낭송을 감상할 수 있습니다

# 흔적

사뿐히 내려와 앉을 걸
디딘 자리에
흔적을 남기지 않고

밤새 첫눈 오듯
소리 없이 내려앉을 걸
침묵으로

따뜻한
빛의 줄기처럼
너의 하얀 가슴에 그리움으로
사뿐히 안길 걸

보고 말하고
미소로 화답하는
따뜻한 순정

그런 순정으로
너에게
흔적을
예쁘게 남길걸,

## 그리운 향기

꽃잎 그리워
너를 본다

너를 보면
그 향기가 생각난다

푸르른 청춘
붉은 열정의 족쇄를 풀고
애써 날려고 해도
도취된 너의 향기에
그리움이란 조건에 꽉 잡혀 있다

긴 세월에
맺은 그 마음
아직도 가슴에 남아
그 꽃으로
넌
긴 향기를 품고 있다.

## 삶이란

삶은
세월 따라 흘러간다

계절 따라 변한 것도 삶이다

훈훈한 봄바람에
삶의 재촉이

내리쬐는
여름빛에 진액을 다 빼앗기고

가을빛 속에서
가을 인생의 삶이
아름다우면서 쓸쓸함이다

이슬빛에 퇴색되어
가을 나뭇잎 떨어지듯

삶의 세월도
낙엽처럼
하나하나씩 뚝뚝 떨어져
녹아내린다.

## 야생화

홀로 측은하게 핀
야생화야
밤낮 바람에 향기 풍기어
임을 부르고 있구나
외로운 듯

연년이 피어
고독으로 살을 삼키며
아름다움을 삭혀야 하는
야생화

생생한 밤이슬 받아
꽃잎 씻어 내릴 때

탈색으로 빛이 흐려져
본연을 잃어 간다
야생화야,

# 평화로운 마음

먼 곳을

바라보는

내 마음은 참 평화롭다

아직

갈 길이 멀어

내 발길이 닿진 않았지만

평화로운 마음으로

서서히 걸어가고 싶다

한 줄의 시를 낭독하고

시인처럼

나그네처럼

물길 바람길 따라

그렇게

흐르며 걸어가리다.

## 커피잔 속 향기

커피잔 속에서
따뜻한
향기가 피어오른다

음미하면서 마신 커피는
너에 아름다움을 다 마신 듯
몸속 가득 품었다

갈색 속에 말려 피어오른
은신한 향기는
호흡 속에 뫼다 사라지고

삼키고 없는
빈 잔 속엔
너에 정담 담아 놓은
커피잔만이
싸늘하게 놓여 있다.

# 애심의 잔상

밤을 태우고

촛불에 심을 태우면서

염원의 기도를 한다

밤새

사랑의 잔설을 녹이고

뜨거운 열정을 데우면서

녹아떨어진 촛농처럼

나는 애심으로 굳어 버린다

온갖 질투의 잔상들이

침실 속에서 느껴질 때

몸부림쳐야 하는

푸념들

어둠의 속내에서 모두 털어 버리고 싶다

너의 염원들을,

# 공존의 법칙

지구상에

공기는

누구나 다 마시고

내뱉어 놓은 것이다

흐릿하게 떠다니는

나의 입김

오늘은

또

누구와의 만남이었을까

바라는 것은 없다

내뱉고

내뱉어 놓은 것이

너와의 공간에서

너와의

그 호흡을 충족시키는 일이다.

# 너무도 빠른 세월

세월은
너울 치듯
흘러가지만
인생은 역경의 고난으로
그 뒤를 따라 끌려가고 있다
한 계절의 순간마다
농익어 가는
세월이야
어찌 막을 수 있으랴
하나씩 늘어가는
홈 파인 마디마다
세월의 흔적을 그려 넣고
나뭇잎 떨어지는 것처럼
허무 무상하게 흘러가고 있다
가는 대로
흐르는 대로
그렇게
흘러간다 하지만
어찌

중천에 뜬 해를 바라보며

걸음을 멈추지 않을 수 있으랴

한탄의 끈을 잡고

마음으로 삼키느니

차라리

세월의 수기를 마음으로 담아 보자

해가 서산으로

넘을 때까지,

# 수호천사

나는
늘 그랬노라
저 높은 하늘에서 띄며
뜬구름 타고
하늘을 방랑하고 싶다고
하늘에
빛이 되어
어두운 곳을 밝혀 주고
흐르는
빗물 되어
목마름을 주는
수호천사가 되겠노라고
꽃 피는 봄날엔
아름다운 꽃이 되고
하얗게
눈 오는 날엔
하얀
그리움으로 가득 주고
꽃으로 향기 뿌리고

눈 대신

세상을

흰 깃털로 깔아

아름답고

포근함을 한껏 주겠노라고

나는

그렇게 되고 싶다고,

## 밤새 함박눈이 왔네

밤새 밖엔
함박눈이 왔네
온 천지가
하얗게 쌓여 있네

앞산에도
뒷산에도
뭉치뭉치 쌓여 있네

새하얀 눈꽃처럼
매일 있었으면
참 좋겠다

솜털같이 깔린
빛의 요정

온
세상에 뒤덮인
하얀 이불
내 마음도 포근하고
참 따뜻해.

# 길

길이 있어 걷는다
길 위에 펼쳐진
아득한
옛날이 그리워 걷는다
계절의
흔적과 같이
오늘도
나는 길 위에 서 있다
방향을 잃고 서 있다
그때 그 길
아련한 옛길을 생각한다
길이 있어
길을 걷고 있다
흔적의 꾸러미를 짊어진 채
옛길 찾아
나는 뚜벅뚜벅
걸어가고 있다.

## 푸른 바다

저
수평선에
마음을 띄우려는 것은
무엇일까
미래의 희망을 건져 올릴
뜨거운 욕망의 깃발
미지에 꿈들이
새로이 솟아 오른
여명의 불꽃이 피어나고 있다
버리고
얻어야 할 것들
선연하게 살아가려는
우리들의 삶
뜻하지 않은 과오로 용서를 빌며
저 푸른 바닷속
자유로이 유영을 하는 물고기처럼
그렇게
끝없이 펼쳐진
저 넓은
자유의 푸른 바다를 얻고 싶다.

## 고요의 밤

고요의 어둠이

내 마음의 침묵

캄캄한 밤하늘에 별이 외롭다는 걸

나는 알았다

밤새 나를 외롭게 하는

그

적막한 밤

너를

그리다

그리다

여명의 빛에

그만 스며들고 말았네!

# 아름다운 추억들

갈피 속에 추억
오래 간직하기 위해
마음을 접어 고이 끼워 두었다
붉은 단풍잎에는
너와 나 사랑에 추억
노란 은행잎에는
우정의 추억
또 하나
커피 닮은
갈색 잎
영원히 변치 않을 약속의 향기까지
그 아름답고 소중한 것
오늘도 잎에 새겨져
고스란히 남아
깊은 추억이 되고 있다.

# 삶이 원칙이 있나

생에 삶이
어찌
원칙의 방향으로만 가나
가다가 힘들면 쉬어들 가고
때로는 직선으로 가다
굴곡진 길을 돌아서도 가고
산으로 가다
바다로도 가고
그렇게
마음 가는 대로 사는 게지
살다 보면
뜻하지 않는 삶도 산다네
어찌
좋은 일만 하고 사나
하기 싫은 일도 하면서
그렇게 사는 거지
인생
바람 부는 대로
구름이 흐르는 대로
그래 살다 보면
좋은 일도 있고
나쁜 일도 더러는 있다네
앙탈 부리지 말고
서로
후하게
살아 보세나,

# 눈꽃도 꽃인 기라

평펑 쏟아지는
하얀 눈
살포시 소리도 없이
소복이 쌓였네
목화송이처럼
피어난
하얀 봉우리
앙칼진 가시나무에도
눈꽃 송이로 소복소복 쌓여 있다
은빛 햇살에 눈 부심
내 마음속 훤히 밝혀주는 너
그리움으로 쌓인
그 눈이
날 매혹적으로 유혹하고
향기 없이 쌓인 것이지만
나에겐
넌 하얀
내 마음에 꽃인 기라,

# 겨울이다 참 춥다

춥다

손끝이 꽁꽁 얼었다

냇가엔 하얀 얼음으로 뒤덮이고

겨울바람도 쌩쌩 불어 된다

길거리엔 썰렁

인적이 끊어지고

나뭇가지 사이로 지나가는 바람 낙엽만 몰고

날아간다

투명스런 창공은

바람에 비수 같고

먹이 찾는 철새들이

굶주리고 쪼그려 앉아

냉기에 떨고 있다

이야,

정말 춥다

언 마음도

따뜻하게 녹여야 될 텐데,

# 풀잎 이슬

찬란한 빛
대지에 나부시 내려앉아

밤새 떨어진
찬 이슬
냉욕을 즐기는
초록빛 향내음

초롱초롱
풀잎에 맺힌 이슬은

그대 눈동자처럼
참 해맑게 반짝인다.

# 위대한 사랑

나는
널 사랑한 순간
내 마음 모두 내려놓았다
사납게 불던 바람처럼
휘몰아치는 눈보라같이
파장에 일렁이며 흔들리던 것이
한순간
고요의 일몰 속에
엄숙히 고개 숙인 나인(拿引)인 것처럼
너는
나의 사랑에 영접을 하고 있다
사랑
그 위대함이
내 스스로 마음을 녹이 듯
너에 품으로 사르르 스며들게 한다
운명의 빛인 것처럼
그냥
그 위대함에 묻히고 말았다.

# 꽃은 참 아름답다

너도 꽃처럼 아름답다
누구나 한때는 꽃으로 피어난다
나도 한때
꽃으로 피어난 적이 있다
그때는 참 아름다웠다
하루가 가고 수 날이 가니 결국 꽃은
세월에 시들고 마는구나
언제나
피어난 꽃을 보면
그 아름다움이 생각난다
꽃을 꽃으로 보는 게 아니라
나를 보는 것도 같고
너를 보는 것도 같다
그래서
꽃은
언제나
아름다운 것이다
보면 볼수록 더 아름답다
내가 널 보는 것처럼,

제목 : 꽃은 참 아름답다
시낭송 : 박영애
스마트폰으로 QR 코드를 스캔하면
시낭송을 감상할 수 있습니다

## 바람 그리고 꽃이더라

하늘엔 구름이 흐르고
허공엔 바람이 불고
땅엔 강물이 흘러간다
이것이 모이면
하늘에 비가 되고
마음에 슬픔이 되고
흐른 뒤엔
해맑은 기쁨도 온다
구름도
바람도
슬픈 빗물도
모두 꽃이 된다
내 마음도
그 속에서 꽃으로 변하고 있다
진정
아름다운 건 꽃이 아니라
가꾸어 나간
그 마음이더라.

## 계절을 보내는 이별

한 계절 가는 곳에
마음을 보내는 이별

뜨거움을 삼키는
정열의 사랑

바람으로 내 품에 왔다
바람으로 떠나는
계절의 열풍
철철이
내게 스치며 지나간다

사랑으로 지나가고
아픔으로 지나가고
그렇게
쓸쓸히
내 마음을 뚫고
자유롭게 휑하니 떠나간다
내 사랑같이,

# 마음이 널 부른다

한쪽
비워진 곳엔
늘 허전하기만 하다
한 계절마다
마음의 빈틈은 해지고
그 외로움
그 고독이 쌓일 때면
옛 모습이 배인
너의 환상에 빠지곤 한다
청춘은 화살처럼 지나갔지만
내겐
그 어느 때보다
너와의
그때가 참 아름다웠다
그 이름들
그 청춘들
모두
나의 추억 속에 낭만이다
그래서
난 늘
마음으로 널 불러 보곤 한다
너에
그 아름다움들을,

# 설원의 꽃

얼마나
냉랭하게 버텨야
향기를 품을까

품속에 간직하고 있는
나의 애심은
꽃이 피고서야
너에게 가득 안길 수 있다.

긴긴날
빙설이 녹아
조금씩
떨어지는 날이면
그리움 앞세워
종종걸음으로
네게 달려갈 거야

꽃 익은
향기 가득 품고서,

## 좌절

바다는

내 마음을 안았다

바다는

내 슬픔과 눈물도 안았다

그러나

안아야 할

내 희망과 꿈은 안아 주지 않는다

절망과 좌절은

저 파도 속에 버릴 뿐

건질 수 없는

열망을

깊숙한 바다의 뿌리에 깊이 박힌 채

파도 속에서 흔들거리고 있다

내면에 표면까지

겉칠을 하면서

치유해야 할 상처들은

그저

성숙하도록 기다리고 있을 뿐이다.

# 단풍잎

잎의 선혈이

붉게 물들었다

속 혈관 타고 주르륵 너의 온몸에 맺혔다

손끝으로 만지작거리며

입김을 불어 넣어

선혈의 수액을 빨아 삼킨다

갉고

또

갉아

마지막

너에 정열까지 모두 갉아 삼킨다

책갈피 속에

곱게 곱게

끼워 두고서,

## 멋진 인생

우리 인생
기쁘면 기쁜 대로
슬프면 슬픈 대로
과거의 세계와 전혀 다른
현세대로 삽시다.

좋으면 좋다
싫으면 싫다
꾸밈없이 진솔한 표현으로
우리
그렇게 삽시다.

누구에 의식도 없이
아름다운 사랑 나누며
의중이 가는 대로
너는 너
나는 나
그렇게 삽시다.

우리
한 번뿐인 인생 멋지게 살아요.

# 첫눈

밤새
소리 없이 내린 백설
천사같이
하얀 마음으로
나부시 깔린 요정의 밤이다.

온 천지에
하얗게
소복소복 쌓였네.

첫눈에
첫사랑처럼
마음을 훤히 밝혀 주는
하늘의 요정
그리움 잊지 않고
그때
그 사랑으로
또
내 마음으로 찾아왔구나!

# 화원의 꿈

꿈의 실현은
참 먼 길을 걷는 것 같다

그림을 그리듯 상상을 하고
저 높은 곳을 보면
공상을 하고
밤하늘에 별을 보면
내 마음을 심어 놓는다

소소하고 소박한 삶에
품을 것도 없는 작은 불씨도
그저 마음으로 잉태시켜야 하는 꿈의 소망들이
하나의 홀씨로 떨어져
아름답게 피고 지는 절명의 꽃

그 속에서
내가 자라고 기다리며 꾸미는
화원의 꿈일 뿐이다.

# 가을이 내게 준 사랑

떠나고 없는 빈자리에
너의 모습만 덩그러니 남았네

약속도 없이
가을 따라
가버린 사랑아

즐거웠던 그 시절 속에
추억을 가득 뿌려 놓고

이별의 방황이
내 영혼을 갉아먹는다

가을이 준
내 텅 빈 가슴엔
사랑만이 가득 채운 채

고해의 이별은
저 떨어지는
낙엽 속에
조용히 묻어 두리다.

# 또 하나의 계절

겨울이 오기 전에
하나를 버려야 하는 것
가을
그
외로움과 쓸쓸함
그리고
오색의 빛이다.
또
새로운
하얀 백지 같은 계절에
마음을 뿌리고
하나하나씩
가꾸며 나가야겠지
그리움
보고픔
사랑
그리고
너에
그 아름다운 것들,

# 부서진 인생

낙엽의 소리는
나의 소리
깨어지고 쪼개지는 소리도
부서지는
아픔의 소리도
모두
나의 소리다
저
달리는 미로의 길 위에
내 마음을 하나하나 나열하고
바라보면서
흐트러져 떨어진
조각의 운명도
또한
나의 애달픔이다.

## 역사는 도도히 흐른다

나는 온통
마음이 겨울이다.

저 하늘이 내리는
땅에 서릿발
그 흘러간 역사의 아픔
마음에 꽂혔다가
언젠간
따뜻한 봄이 오면
녹아
그 마음을 훈훈하게 적시겠지.

덩그러니 쌓인
의식의 추억처럼
온통 거리에 뒹굴다
사연을 묻은 채
한 해 한 해를 지나
새봄의 꿈으로 다시 일어나겠지.

그
모든 아픔을
저 푸른 하늘의 빛을 받아
삶의 역사 속으로
도도하게 흘러가고 있겠지.

저
푸른 강물처럼.

# 갈대처럼

갈대는

꼭

바람에만 흔들릴까

그 무엇에 의해서도

흔들리겠지

내

마음은

바람이 아니어도 수없이 흔들리는데

꺾기고 흔들리는

아픈 사연들이

슬프고

괴롭더라

그렇게

갈대처럼

심하게 흔들려도

세월이 지나니

모두 치유가 되더라.

## 희망을 찾아가 보지만

가야 하는 곳은
늘 꿈이 있고
떠나는 곳엔
늘 미련과 아쉬움이 있고
움직일 때마다
큰바람이 분다

지치며 걸어온 길
아련한 불빛만 조금씩 보이고
훤한 길 찾아
헤매다
잠재의 의식을 잊어버렸네

텅 빈 마음
채우고
또 채워 보지만
저 넓은 바닷속 파도처럼
어디엔가 부딪히면
마음이 부서지듯 아프다

끝내 걸어가지만
힘에 부쳐
더는 갈 수가 없구려.

## 생활 속의 분진들

삶의 생애에
뿌려진 분진들을
꽃가루 날리듯
날리고 있다

바람이 오염되고
저 속에 떨어진
맑은 강물이 오염되고
나의 몸속까지
흙탕이 될까
두렵다

세상은 검게 타들어 가고
그 열기 속엔
악마의 불줄기가 피어올라
인간의 아름다운 삶이
그
그을음 속에서 소진되고 만다.

# 그리움이 자꾸 쌓인다

계절이 남겨 놓은
아픔
홀연히 떠나보낸
그리움의
상처
그 이후의 사랑은
또 다른 이별의 슬픔이 온다

돌연한
사랑도 그렇다
아픔
그리움
이별
모두가 마음 한가운데
일기장처럼
차곡차곡 쌓여 있다

계절이 지나니
또
하나의 사연이
그리움으로 쌓이네!

# 마음의 고독

나는 떠나가리
저 먼 황야에 바람 따라
영음(詠吟)의 소리 잡으려
저 높푸른 하늘로 뛰어간다

청산의 울림이
영가(詠歌)로 울려 퍼질 때
나는
또 하나의
계절 위에 마음의 시로 새겨 놓고

고곡(古曲)의 절규함으로
메아리가
귓전에 스쳐 지날 때
마음의 고독은
폐부의 소용돌이에서
조용히 잠든다.

# 한 사람의 사랑이 되다

나는
세상에 태어날 때
아무것도 없이 태어났다

떠나갈 때도
아무것도 바라지 않는다

내가
바라는 것은

오직
이쁜 꽃잎처럼

이 세상에 태어나

단 한 사람에
사랑이 되는 것밖엔,

# 추억을 그리며

테라스에
홀로 앉아
짙은 커피 향 마시며
추억에 어리는
저 쪽빛을 바라보고 있다

젊은 가슴 설레는 듯
향기 피어오른 꿈을 가득 안고
푸른 날개의 깃을 저며
희망으로 날아오를 때

하늘의 자유를 만끽하고
저 높은 곳으로
비상하여
나래의 끝자락에 매달려
곡예의 빛을 펼쳤다

그립던
옛 모습들
하나하나
창공으로 펼쳐
아름다움으로 흘러간 추억
그냥
멍한 이
바라보고 있을 뿐이다.

## 부부

인연의 생인지
필연의 생인지
우리는 부부입니다
고락을 같이하고
두 몸이 한 몸인 양
서로가 의기양양하면서 살았습니다
물처럼
바람처럼
순리에 순응하며
사랑의 근원을 잃지 않고
밤이면 별의 빛처럼
낮이면 해의 빛처럼
계절 계절마다
짝 다른 발을 맞추고
슬픔과 기쁨으로
살아가는
우리는
가진 것 없는
참 아름다운 부부입니다.

# 겨울이 온다

문틈 사이로
새어든 풍설
살갗에 스민다
겨울의 창은
투명하기만 한데
냇가에 흐르는 강물 위에는
온통 냉기가 서려 있다
가을의 낙엽도
갈색으로 변하여
겨울을 꾸려가지만
산천의 빈 가지에는
마지막 남은 낙엽 잎을 날리고
잠자고 있는
잎의 촉이
따뜻한
새봄 오기를
또
기다리고 있다.

## 가을 열정

가을을 다 태우고
홀몸으로 선
우뚝한 나무는 외롭지 않은가
가을의 황홀은
쓸쓸하기만 한데

시골집 굴뚝에 피어오른
메마른 장작들은
가을의 열정을 가리킨다

떨어진 낙엽
그리움 불태우고
낭랑하게 울러 퍼지는
그 소리에
가을 열정도 함께 떠나가네!

## 술에 취하다

술
한 잔에
마음을 열고
또
한 잔에
마음을 삼킨다
인생의 격한
술로 다스리고
아픔을 삼키며
분노의 열정을 취하게 하여
생각을 잠재운다
취기는
나의 주역이자
나를 이끄는
하나의
동력이 될 수 있다.

# 가는 세월을 바라보며

산도 좋고

흐르는 물도 좋다

바다도 좋고

출렁이는 파도 위에 피어오른

저 뿌연 안개빛

수채화 같은

그림도

참 좋다

그러나

무심하게 흐르는

저 계절과

이곳에 서서 바라보는

저 허공에 세월이

야속할 뿐이다.

## 가을 낙엽

가을이다
우수수 떨어진 낙엽
음산한 가을 벤치에 그리움이
쌓여 있다
가을이면 묻혀야 하는
고독들이
마음속에 가득 품고서
이 가을을 붉게 물들인다
안개비 흐르며
떨어진 붉은 침묵
이 아름다운
가을의 벤치에서
은연히 잠을 자고 있다네!

# 그곳에 가면

흔적을 보고
흔적을 남기고
말 없는 사연들을 쌓아 놓았다

그곳에 놓아두고
내 마음속에 새겨 넣고
추억이 되어
다시 찾아온 그곳
묵묵히 기다리며 맞이하네

수많은 세월도
지울 수 없는 과거의 행적들
나 혼자의 역사 속에
하나하나의 계절마다
새기고
또 그려 보았네

지금은
가을이지만 낙엽 잎에
오늘의 희망을 수놓아 두고
또
하나의 추억이 쌓이면
나는
그곳으로
다시
찾아가리다.

# 너

나는
수많은
사람 중에
너라는
사람이 최고이고
너라는 사람이
사랑이고
너라는 사람이 행복이다.

그리고
너라는 사람이
나의 즐거움이고
기쁨이고
나의 그리움이다.

세상에서 가장 좋은 건
너와 나
둘이 사랑이라는 것이다.

## 담쟁이처럼

어찌
인생길이
똑바로만 갈 수 있겠나
이리도 가고
저리도 가며
구불구불 돌아도 가지

저 벽에 붙어 기어오른
담쟁이 풀처럼
마디마디 초근으로 뻗어
마구 기어오르듯

끝없는
길이
어찌 한길로만 가리
벽에 붙은 담쟁이같이
뒤엉켜
그렇게
돌고 돌아 쭉쭉 뻗어도 간다네!

# 낙조

목선 노니는 강에
낙조의 빛이 어리고
바람의 이랑은
목선이 가르며 지나간다

서양의 해넘이는
수양버들 가지 아래로 비춰어

노을빛으로
떨어진 버들잎
목선 따라 흐르네

강물 어귀엔
철 잃은 철새들이
낙조의 빛이 아름다운지
길 떠날 줄 모르는구나!

## 청산이 그립다

산 정상에
홍엽이 내려앉고

높푸른 하늘
조각난
흰 구름만 두둥실 떠간다

말 없는 청산은
계곡에 흐르는 물같이 흘러가고

슬피 우는 산새들도
모두가 울음을 멈추었다네

고을에 스치는
이슬 찬 바람이
멈춤 없이 지나가는데

솔가지 사이로 흐르는 솔향은
사시사철 변함이 없구나!

# 채색의 빛을 잃다

푸르름이
저 아름다운 채색으로 바뀌어
노을의 빛으로 불태운다

선혈의 몸이
산야에 뿌려지고
정열의 향이
내 몸으로 가득 번질 때

붉은 잎의 연서는
한 조각의 사연이 되어
거리에 길을 잃고 헤매다
퇴색되어 찢어진다

저 노을의 빛처럼
그저 서서히 사라지고 만다.

# 생로병사

삶이 아름답다
청춘은
조금씩 낡아지는 인생
세상은 하나의 숫자
봄이 오고
또
봄이 오고
결국 꽃이 지듯이
우리 인생도
청춘에서 봄꽃 시드듯이
그렇게 아름다움이 지나간다
많은 세월 속에
삶의 흔적을 남기고
가을이 주는
그 이별처럼
인생은 어둠의 터널 속에서
조금씩 빛을 잃으며
세상 앓이로 병들어 가고 있다.

## 가을 편지

가을엔 편지를 써요
나의 시와 같이
저 떨어지는 낙엽 속에
고이 담아

가을엔 편지를 띄워요
사랑하는 사람에게
이 가을이 어떠냐고
나와 같이
이 가을을 낙엽 속에 시를 쓰며
외롭게
가을을 보고 있을까

기다리지는 말아요
이 가을이 내게 말하듯
하염없이 외롭게 떨어지는
저 가을의 낙엽이 내 사랑이니까?

## 찬바람의 느낌

거리엔 온통 찬바람뿐이다.
낙엽 뒹구는 소리만 들어도
바람이 꽉 찬 걸 알 수 있다.
나는
그 바람을 뚫고 걸어가고
그 공간의 숨소리는 거세진다
나뭇가지도 흔들리고
사이사이 지나가는 바람도 힘이 드는지
거센소리를 내면서 지나간다
느낌은 살갗의 냉기다
피하고 싶은 순간들
오들오들한
그 느낌의 냉각
순간
너의 따뜻함을 느껴 본다.

# 가을은 나의 사랑

가을이다
단풍잎 곱게 물들어
가을을 좋아한다

붉은 단풍잎도
나에 애인

노란 단풍잎도
나에 애인

갈색 단풍잎은
커피의 향을 닮아
가을엔
고독의 커피를 자주 마신다

가을은
언제나
나의 사랑이다.

# 가을을 걷습니다

마음 따라

나는 길을 떠납니다

사계의 길 중에서도

가을로 가는 길은

저 붉게 물든

낙엽을 밟으며

그 소리를 들으러 떠납니다

만약 길이 나에게 묻는다면

이렇게 답하리다

올가을은 너와 동행으로

이 가을을 매혹하며 걷겠노라고

떨어지는 낙엽 소리 들으며

나는

이 가을을

참 아름다운 추억이 되는

길로 걷겠노라고,

# 어느 날

어느 날 갑자기
사랑을 심은 곳에
그리움의 새싹이 피어난다
마음속 깊이 감추려
삼키고
또
삼켜 보았지만
산더미같이 쌓이고 말았네
파도처럼
밀려오는 극한의 경계에서
삼켰던 오열의 빛이
발산하고
궁극의 심혈이 멈춰지고
그리움은 자꾸만 쌓여 가네
내 마음에
사랑의
그리움들이,

# 당신이라서

하나가 아닌 둘
당신이라서 참 행복하다

세상 버거운 일도
둘이라서 묵묵히 걸어갈 수 있었고
낙오된 길에서도
둘이라서 다시 일어서 걸어갈 수 있었다.

수많은 날
꽃길보다
애수에 젖는 날이 많았고
풍요로운 날보다
늘
가난에 허덕이는 날이 더 많았기에
혼자 아닌 둘이기에 걸어올 수 있었다.

지금은 봄 아닌
가을 길로 가지만
떨어진 낙엽 보내고
당신과 나 둘
나란히 손잡고 따뜻한 봄으로 다시 걸어가련다.

회고의 여심(旅心)을 버리고
그 어느 때의 그 날처럼
당신과 나 둘
따뜻한 꽃길 걸어가련다.

제목 : 당신이라서
시낭송 : 박영애
스마트폰으로 QR 코드를 스캔하면
시낭송을 감상할 수 있습니다

## 찻잔의 향락

차 한 잔에

너를 수놓는다

언어의 향기는

내 마음을 내락 시키고

즐거움의 향락은

너에 고운 눈빛의 그늘을 삼킨다

찻잔에 스며든

그 모습의 형체처럼

향기를 가득 품고서

너의 품속 깊숙이 스며들게 함이다.

## 가을로 물든다

꽃이 피더니
어느새 낙엽이 지네
내 마음이
꽃 속에 향기를 품더니
찬 이슬에 녹아
그리움이 되어
예쁜 가을로 가고 있네
잎의 홍엽은 온 산천을 물들이고
색색으로 감응되어
마음에 사연으로 남겨 놓는다
풍월이
나뭇가지에 매달려
이 가을밤을
조용히 물들이고 있구나!

# 바다

바다여

너는

저 그리움을 아는가

파도처럼

목 놓아 두들기며

삼켜야 할 목소리들이

원혼으로 남아

애틋하게

너를 부르며

저 푸른 파도가 되어 가는 것을

바다여

파도 속에

부서진 파편들이

내 몸속 깊숙이 박혀도

너를 원망 타 말하지 않으리

오늘날

너에

그 그리움을

이 바다로

한끝

내 품에 품어 서니까?

# 인생 순환

넋 놓고
바라보는
저곳에는
나의 기쁨일 수 있고
나의 아픔일 수 있고
나의 눈물일 수 있다.
삶의 생활
존재의 형틀에 갇혀
수많은 사연 감수하면서 살아간다
단 한순간의 기쁨이
그 악의 순환을 헤치고
배가 넓은 바다에
항해하듯
인생도 덧없이
그렇게
세상 살며 흘러간다.

# 가을의 문턱에서

가을이 오기 전

저 푸른 잎들을 보며

쓸쓸하게 저미다

이별의 시간에

이별의 계절을 단

솟대

어귀에 조롱 매달아두고

가을을 기다리고 있다

낡은 가지에 낡은 잎들이

핏줄 타고 붉게 물들어질 때

이 가을이 시작된다

푸른 청춘이

정열로 바뀌는

이 순간이다.

## 담쟁이

담쟁이도 물든다

오르다

오르다

넝쿨이 된 담쟁이

어느덧

나이가 차서

기어오를 힘조차 잃어버려

자양분을 건져 올리지 못하고

그만

가을이 되어간다

담쟁이도 가을 닮은

붉은 단풍잎으로 물든다

나도

홍조 잎처럼

저 가을을 닮아 가는가 봐

담쟁이와 같이,

## 여백

여백에
서정의 빛에 수를 놓고
떨어진
나뭇잎을 바라본다

작은 호수에 깔린 바람의 이랑들이
윤슬로 살랑일 때
벼랑에서 떨어진 낙엽의 연서는
그 태고의 줄기를 타고
통통거리며
저 깊은 세상으로 흘러간다

풍랑의 길을 뚫고
겪어 보지 못한
순간들을 지나
종착도 모른 채
저 푸른 강물에서
하나의 여백으로 남는구나!

## 10월의 채색

시월은 푸름의 채색이
물들어간다
삼월에 꽃잎보다
시월의 채색이 아름답다
삼월은 기다림의 사랑이라면
시월은 정열의 불꽃 채색이다

마음의 공간에
아름다움을 품고
타오르는 정열에
이 가을의 열정을 삼킨다.

## 계절의 변천

풍요로운
들판에
가을빛이 아리다

허한 길거리에는
이슬에 찬 바람이
옷깃을 여미고

철 지난 뙤약볕은
높푸른 가을 하늘빛이 되었네

층으로 깔린 흰 구름 중천으로 흘러가고

찬 바람이 몰고 온 계절은
쓸쓸한 가을 낙엽이 되었다.

# 인생은 길이 없다

생은
너무나 험난한 길이다
구름이 되었다가
바람이 되었다가
화사한 밝은 빛이 되었다가
어둠을 헤매는 길이기도 하다
어차피 길이 아닌 길을 헤쳐가려면
즐거이 가야지
물도
바람도
길이 아닌 곳을 가려면
소리가 난다
가다가 막히면 넘쳐흐르고
흐르다 부딪히면 돌아서 가고
가다
가다
힘들면 쉬어 가고
그렇게
바람처럼
물처럼 살자!

## 먼 훗날 내가 아픔이 될지라도

난 널
아무리 보아도 사랑스럽다
손잡고 걸어도
놓기 싫은 너
늘
내 마음 깊이 심어 놓을 테야
먼 훗날
어떤
그 아픔 일지라도

혼자인 난
외롭고
그립고
너를 보는
그 순간
내 마음 모두 너의 것이 되어 버렸다
먼 훗날
이별의 아픔이 올지라도
난
널 가슴속 깊이 품겠다.

## 내 마음 파도 속에 싣고서

파도여 잠시라도
좀 쉬어가렴
철썩일 때마다
마음 들썩이니
저 넓은 바다가 다 부서지는 것 같구나

바닷바람 한 줌 안고서
바라보는 것이
내 마음 전부 파도 속에 굴러
조각조각 파편이 된다

모래의 파도 소리와
갯바위의 파도 소리가 다르듯이
부딪혀 부서진 파도 소리에
내 심상이
너무 슬프다
파도여,

# 너의 향기

꽃보다 아름다운 건

바로 너

인생을 쌓아 올리고

눈물도 가슴에 쌓아 올리고

삶에 땀방울을 하나하나 쌓아 올린

추억 같은 인생

오늘날

너의 향기는

바로

그 인생의 꽃이랍니다.

# 가을 단풍잎

빨갛게 물든
가을아
그 열정을 품고서
저 계곡의 물빛까지
빨갛게 물들이나

푸름의 세월을 뒤로 한 채
또 하나의 빛에 붉게 물들어
가을의 애틋함을 마음에 품는다

가을의 찬 바람
계곡에 이슬 녹이고
앙칼한 돌 틈 사이로 가을이 쌓이는구나!

# 글은 나의 영혼이다

글은 나의 영혼이다.

바람과 같고
구름과 같고
나의 삶에 창작과 같다.

계절의 영혼 속에 영원히 고락할 수 있는
길이요
나그네의 동반자이다.

외로울 때
고독할 때
그 쓸쓸함을 달래고
무수하게 흐르는 세월 속에
저 흐르는
바람의 파도와도 같다.

## 연꽃

저 강물 밑바닥에
순결의 몸으로
조용히 숨을 쉬면서
새싹이 몸부림을 치며 촉을 틔우려 하는 연화

수렁에 깊숙이 잠겨
한 여인의 자태로 변신하는 고귀한 생의 줄기에 뿜
어내는 꽃술 냄새는 혈연으로 온몸에 스미게 하고

감흥의 흥치는 저 물결의 바람에 흘러 이량의 골에
뿌려 지누나

강물이 하늘을 품고
빛을 껴안은 채
너의 아름다움이 물들어진다
꽃잎에 채색으로,

# 당신은 어떤 가을이 좋은 가요

당신은
노란 가을인가요
붉은 가을인가요

어느 땐 붉은 가을이 좋았다

또
어느 땐 노란 가을이 좋았다

끝내
갈색 가을로 변한 쓸쓸함도 좋았다

그렇게
가을을
넘기곤 한답니다

가을이 이쁘게 물들면
우리
노란 잎
붉은 잎 가을 보러 가요!

# 비목

저 푸른 곳에
꿈을 심고
내가 선 곳에서 바라보았다

아직
다 오지 못한 곳에서
푸른빛은
암울하게 조금씩 시들어지고

생의 언저리에서
비목(飛木)의 나무처럼
내 마음도 조금씩 깎여가고 있다

언제나
인생은 슬픔의 나락에서
숨을 쉬고 있지만
비목의 조각에 불과할 뿐이다.

# 향기 나는 꽃

꽃
너는
벌 나비를 기다리지만

난
꽃
너를 기다린다

너의 향기가 그리워서
너의 아름다움이 참 그리워서
매일 사모한 마음으로
널 기다린다

너도
내가 그립다면
바람결에 향기라도 뿌려다오
너의
상큼한
그 향기를 맡고 싶다.

## 그 꽃을 사랑 꽃이라 부르리

너를 부르고 싶을 때
그때 둘이 보았던
그 꽃을 본다

변함없는 그 꽃에는
그때
그 모습의
네가 새겨져 있다

언제 보아도
변함없는 꽃
너 보듯
그 꽃을 바라본다

나는
그 꽃을
사랑 꽃이라 부르고 있다.

## 가을 고독

잔상의 고독

저 높푸른 창공에 뉘이고

외로움도

그 쓸쓸함도

포근히 안는다

얼마나

고통으로 허공에서 헤맬까

필부의 애잔함

이 가을 속에 삭히듯

쓸쓸한 벤치에 가지런히 누워

가을을 녹이고 있다

뚝뚝 떨어진

가을

고독의 상처들을,

# 이별

빛이 아름다운 날
그대 여의옵고
그리움 홀로
나는 동방을 바라본다

빛 따라 등짐 실어 보내고
홀로 우두커니 서서
먼 산 바라보다
뒤를 돌아보니
외로움만 남는구나

빛이 서산에 기울어지고
그림자 짙어질 때
나 외로움
그대 떠남이 아쉽구나!

## 슬픔도 하나의 동력이다

하늘엔 구름만 있는 게 아니다
슬픈 눈물도 있더라

내가 흘린 눈물은
내 마음의 밑거름이 되듯

하늘에서 흘린 눈물은
생의 밑거름이 된다

아픔도 슬픔도 성숙의 가치요
삶의 동력이다.

## 꽃을 보듯 널 보고 싶다

사랑하니까
웃다가 즐겁다가
기쁨으로 행복하다

네가 있어 사랑할 수 있고
꽃을 보듯
널 볼 수 있다.

넌
보고 또 보아도
꽃처럼
참 예쁘다.

## 가을이 왔나 보다

가을은

저녁

귀뚜라미 울음소리로 시작된다

찬 바람에 쓸쓸함 인지

참

요란하게 울어대네

낮에는 잠자리 떼

무리 지어 따뜻한 햇볕에

가을을 맞아 비상하고

길가 코스모스

연신 바람에 한들거리며

들판 한복판에선 허수아비가

이 가을을 바쁘게 맞이하네

저 높푸른 하늘엔

솜털 같은 구름이

뭉게뭉게 떠 흘러가고

그 파란 하늘 위엔 온통 가을이 물들어 수를 놓고 있다.

## 비 오는 날 독백

빗소리 들린다
우울한 고독의 울림소리에
빛 잃은 마음
차 한 잔에
외로운 좁은 공간에서 암울하게 가둬진 채
독백으로 상념에 젖어 본다

견뎌내기 힘든 과거의 추억들이 떠올라
저 빗소리와 함께
내 마음을 촉촉이 적셔놓고
잃어버린 옛것에
나는
사랑에 빗길로
고독의 애심으로 멍하니 바라보고 있다
내 모든 것
지나간 추억들을,

# 공상으로 너를 부른다

침묵은 나를 잠 깨우고
나는 침묵 속에서 공상하며
글을 쓴다

눈과 머릿속엔 번갯불같이 스치는 미담들이 기어오르고
내 생의 삶이
역순으로 돌아가는 순간 고요의 대상은 펼쳐졌다

밤에만 피는 사랑 꽃처럼
언제나
외로움 끝에는 미담들이 그댈 부르듯이
나는 한 그리움으로 공상에서
너를 부르고 있다.

## 너는 내 마음에 꽃이다

내 마음속에 너는 꽃이었다
피고 지는 꽃이 아니라
내 마음에 두고 즐거이 볼 수 있는 영원한 마음에 꽃이었다

때로는
시 덜었다 다시 피고
보면 볼수록 향이 짙은
그런 꽃이 내 마음속에 자라고 있다

내 마음에
그런 꽃이 있다는 것이
나는 참 행복하다
그 꽃은 나의 꽃이자
너의 꽃이기도 하다
행복으로 묶어
영원토록 가꾸며 꽃 피우자!

# 세월 따라 살라 하네

저 푸른 바다를 마음에 품으니
파도가 나를 흔든다
저 허공을 가슴으로 품으니
마음이 말을 하네
하늘의 빛처럼 투명하고 밝게 살라고

바람이 날아오면
구름이 흘러오면
오는 대로 그렇게 마음으로 살라 한다

가는 물길도 굽이쳐 휘어지고
가는 세월도 아름답게 흘러가는데
이 몸도 가는 길 따라
그렇게
자유롭게 살다 가라 하네!

제목 : 세월 따라 살라 하네
시낭송 : 박영애
스마트폰으로 QR 코드를 스캔하면
시낭송을 감상할 수 있습니다

## 첫사랑과 그 이별

첫사랑에 이별
예기치 못한 너에
그 말 한마디
내 심장에 뿌리 깊게 박혀
상처의 고통이다

외로운 이 밤
문턱 밖엔
찬 이슬빛 고요히 내려앉아
창틀에 비춰 온
저 조각난 달빛이
내 마음에 마구
비수처럼 꽂아 붓는다

마음의 감성
어둡고 깊은 밤에
그때 그 영혼의 이별들이
나의 온몸을 에워싸
이 밤
고요의
옛 첫사랑을 뒤흔든다.

## 빗물이 나의 눈물 되어

천상에 뿌려진 빛이여
잿빛으로 막히어
하늘은 온통
강물이 되었나

쌓이고
쌓이어
떨어지는 빗물이
나의 슬픔이 되었다면
그 슬픔의 빗물은
나의 마음의 눈물이겠죠.

## 또 하나의 계절은 가고

가고
오는 색깔들이
보내는 아쉬움과
꿈을 꾸는 설렘의 계절이다

많은 것을
추억으로 마음에 담아
간직하고
삶은 이별의 매듭에 묶여 허상과 공상을 하고 있구나

새로이
닦아 오는 형체들은
희망의 빛줄기에 꿈을 펴고
가지런히 펼쳐지는 채색의 빛이
오고 가는 광명이
또
하나의 설렘이어라,

# 사랑

사랑은
저 찬란한 빛
아름다운 한 송이 꽃을 품에 안는 것입니다.

매일
내 품 안에서 피고
또 피는 것이 사랑이죠.

버리고 싶어도
버릴 수 없는 예쁜 꽃
사랑 바로 너

이렇게
내 안에서
예쁘게 피워 주는 너는
하루가 가고 수년이 가도
참 예쁘고 아름답습니다.

# 너

내가 본 넌 분명 꽃인데

향기가 나질 않는다

뭣 때문일까

주는 사랑이 부족해서일까

보고

또

보고

자꾸 보다 보면

언젠간 너에게도 분명 향기를 풍길 테지.

# 그리움의 고독

새가 우는 곳엔

어디든 그리움이 있다

아침 숲에 피어나는 노을빛의 그리움

저녁 서산에 걸친 서녘의 그 찬란한 빛의 외로움

고독의 편애로다

산에서 사는 산새야

외롭다는 듯 슬프다는 듯

철철이 우는 산새야

숲의 그늘에서 까닭 모를 너의 울음에

내 마음도 너와 비슷하게 닮아 가고 있구나

오늘도 내 모습에 너

네가 그리워지고

이쪽저쪽서 울부짖는 너에 원혼의

그 슬픈 그리움들이

네 마음 조용한 이곳에서 들려오는구나

그리움의 고독이,

# 파도 속에서

저
푸른 바다를 보고 서 있으면
밀려온 파도를 바라보다
나도
저 파도처럼
되고 싶다

부딪히면 철썩이는 희열 속에
내 온몸 적셔
저 파도를 부둥켜안고
파도의 포말이 되어
조각조각
부서지는
파도 속이 되고 싶다

그리고
바다처럼
조용히
내 마음도 바다에 넋이 되어
하루하루
바다와 같이
살아가고 싶다.

# 머문 곳에 향기 뿌리다

손영호 제3시집

2022년 5월 3일 초판 1쇄
2022년 5월 6일 발행
지 은 이 : 손영호
펴 낸 이 : 김락호
디자인 편집 : 이은희
기 획 : 시사랑음악사랑
연 락 처 : 1899-1341
홈페이지 주소 : www.poemmusic.net
E-Mail : poemarts@hanmail.net

정가 : 10,000원
ISBN : 979-11-6284-358-1